Jahrgang 1960, geboren in Niedersachsen, nun ansässig in dem schönen Schleswig-Holstein.
Von Beruf Konditormeister, habe mich der Kunst gewidmet. Zeichne und Male seit 20 Jahren und bin Autor mehr als 12 Jahre.
Bisher nur humoristische Bücher verlegt, nun ein Werk welches die Realität und Fantasie beinhaltet.
Wie gewohnt alle Zeichnungen von mir und zum ersten mal auch das komplette Coverdesign.

Gelebt wird Zweimal

Also,
noch mal von Vorn

von

Frank Zacharias

© 2021
Herstellung und Verlag:
BoD – Books on Demand, Norderstedt
ISBN: 978-3-7534-2525-2

Verzeichnis des Inhaltes

Die Springer

Die letzte Stufe war geschafft, noch kurz
über die Brüstung und es ist vollbracht.
Mit weit geöffneten Augen sehen sie in die
Tiefe, der Flug dauert nur Zweikommadrei
Sekunden.
Hinein zukommen war einfach, entweder
man läutete irgendwo und wartet bis
geöffnet wurde, um dann den Fahrstuhl
zunehmen oder übt sich in Geduld, bis
jemand aus dem Treppenhaus kam und die
Tür offen stand.
Die meisten nahmen das Treppenhaus.
Nun hatten sie die Zeit um nochmals das Ja
oder Nein zu ergründen ob es wirklich dieser
Schritt sein sollte. Obwohl, durch ihre
Medikation brauchten sie für diese
Entscheidung nicht solange.
Neunhundertsechsunddreißig Stufen war
die Zeit hinauf um sich für den Weg ins

Paradies zu entscheiden, falls es dies überhaupt gibt.

Für jeden einzelnen, aus welchen Gründen auch immer, müsste es doch einen einfacheren Weg geben, um dort hin zu gelangen.

Sie hatten einen schwierigen und mühsamen Weg im Leben hinter sich gebracht, manche sind noch mitten darin. Also wären doch die Neunhundertsechsunddreißig Stufen eine völlige Erleichterung. Andere wiederum kamen aus einer gegenüber liegenden Nervenklinik, jene wussten wahrscheinlich nicht mal, warum sie es überhaupt taten.

Der Aufprall war jedesmal so heftig, das die Leuchte unter dem Vordach mit einem klirren zu Boden fiel.

Das Todeshaus welches an der Hauptstraße liegt, gegenüber eines Klinikums, ein Mix aus Altenheim und Nervenklinik.

Der Gebäudekomplex bestand aus Zwei vierstöckigen Wohnhäusern und dem Neubau der Acht Stockwerke aufwies, und ein Zusätzliches für die Springer.
Wenn nun irgend jemand aus der Schule nach Hause kam und das zerbrochene Glas vorfand, wusste jeder sofort, oben auf dem Vordach liegt wieder ein zerschmetterter Körper und blutet aus.

Die einzelnen Wohnungen waren als erstes für die Angestellten des Klinikums vorgesehen, denn sie kamen aus den umliegenden Gemeinden, da sich herumgesprochen hatte das jede Menge Personal benötigt wird.
Dies bringt uns zu einer jungen Frau aus einem Nachbarort, aber dazu später .

Wanderer

Anderer Ort, andere Gegend, es kann überall sein, denn sie fühlen es, und wählen den Klienten aus.

Es gibt sie schon ewig, gebraucht werden sie auch weiterhin. Geschichten über ihre Existenz wurden und werden überliefert, ob es letzt endlich sich so zuträgt, dies wissen nur die Auserwählten.

Verwildert, sehen sie aus, der Anschein erweckt dies, ungepflegt so schien es, denn auch die Kleidung ist so alt wie ihr Dasein. Tagsüber, zur späten Stunde, zu jeder Jahreszeit, bei jeden erdenklichen Wetterverhältnissen wandern sie schon seit Jahrhunderten über die Kontinente und geben Obacht.
Meist an ihrer Seite ein treuer Begleiter.

Den Weg kennen sie, fühlen wo sie gebraucht werden und suchen die Einsamen, Kranken, Verzweifelten, Bedürftigen.
Fühlen, dass sich aufgegeben wurde, keine Hilfe mehr in Reichweite zu seien scheint.
Jene, die es verdient haben, diese zweite Chance zu bekommen, spenden sie anfangs Trost und Hoffnung und schlagen ihnen dann das eigentliche Geschäft vor.

Er macht sich auf den Weg um den Springer noch vor der neunten Etage anzutreffen, denn er hat das Geschäft verdient.

Die Dämmerung bricht an, die Feuchtigkeit steigt vom Boden auf sodass sich ein Schleier vor den Ausgang legt.
Er wird gebraucht, ein neuer Klient wartet, er spürt es, nun ist es an der Zeit das er ihn aufsucht.

Verschlissen, dreckig seine abgetakelte
Garderobe, er legt sie an, denn sie spendet
Wärme und lässt keine Nässe hinein. Seine
Ausrüstung wird im Säckchen geschultert,
den Wanderstab und einen Hut für den
Kopf.
Damit wir uns noch ein Bild von ihnen
machen können, falls sie uns begegnen, je
größer der Hut um so angesehner waren sie.
Die Jungen Wanderer gehen noch gerade,
um so mehr Klienten sie aber zum
Geschäftsabschluss in die Höhle führen,
desto gebeugter gehen sie. Jeder von ihnen
hat ein Kleinlebewesen an seiner Seite,
welches eine genauso hohe
Lebenserwartung hat wie der Wanderer
selbst.

Als er in der Kleinstadt eintrifft befindet
sich sein Klient bereits vor dem Todeshaus,
wartend und unentschlossen steht er dort

und blickt in die Höhe, fühlt etwas und kann es nicht zuordnen. Nach einem kurzen Augenblick schaut er sich um und sieht ihn wartend an seiner Seite stehen, fühlt sich auf anhieb wohler und sie kommen ins Gespräch.

Als der Springer sich alles von seiner Seele gesprochen hatte gab ihm der Wanderer zu verstehen das er ihm helfen könne um sein Missglücktes Leben noch einmal zu leben. Verwundert blickte er ihn an und wollte natürlich wissen, wie dies funktionieren sollte.

Zur Antwort bekam er, das sie einen Vertrag schliessen müssen, dessen Bezahlung ein hoher Preis sei. Doch dafür werde ihm nochmal ein Leben voller Glück und Zufriedenheit geschenkt.

Jeder der einen Vertrag mit ihm abschliesst begleicht ihn nach Beendigung auf die selbe Weise, machte er ihm verständlich klar.

Zu einer Höhle würde er geführt werden, sobald diese betreten wird, setzt sich sein zweites Leben in Bewegung.
Er unterzeichnete glücklich und sie machten sich auf den Weg.

Zerquetscht

Die Kinder warteten eines Nachmittags auf ihre Mutter, sie sollte schon da sein und das Essen zubereiten. Eine liebevolle, ausgeglichene Person, glücklich verheiratet, drei Kinder an ihrer Seite und alles sind Jungs plus das große Vierte, den ruhigen besonnenen Ehemann.
Nach der Schicht war sie froh gelaunt, es war ein schöner Arbeitstag, sie stieg auf ihr Fahrrad und besorgte die Lebensmittel für die Familie und plante schon in Gedanken das Wochenende. Verstaut wurde der Einkauf und hopp auf das Rad um nach Hause zu fahren.

Ein zweiter Wanderer zog sich an und machte sich auf den Weg, um den Vertrag noch rechtzeitig unter Dach und Fach zubekommen.

Ein paar Strassen weiter wurde ein
Frauenkörper durch die Luft geschleudert.
Die Lebensmittel flogen im hohen Bogen, so
auch der Körper der jungen Frau.
Beim Aufprall des Lastkraftwagens hörte
und fühlte er schon, wie einige ihrer
Knochen zerbrachen, er spürte den
Schmerz.
Da es noch keine Mobilfunktelefone zu der
Zeit gab, konnten sie die Mutter auch nicht
erreichen, also warteten sie.
Das Fahrrad, zerstört vom Aufprall, wurde
in einem Gebüsch gefunden, so um die
fünfzig Meter weiter.
Die Schmerzen müssen noch einiger maßen
erträglich gewesen sein, aber in Bruchteilen
von Sekunden,
an die Kinder gedacht, das sie auf`s Essen
warteten, wer wäscht die Wäsche, solche
Gedanken halt.

Er war rechtzeitig zur Stelle und erklärte ihr im Flug, wie es nun gleich weiter gehen würde.

Der Aufprall wird heftig sein und noch ein paar mehr Körperteile werden in Mitleidenschaft gezogen, über den Asphalt wirst du rutschen sodaß die Haut sich vom Körper löst, wimmernd bleibst du liegen.

Du denkst dir, es reicht jetzt, bin noch am Leben.

Aber wer kocht nun das Mittag für die Jungs, macht mit ihnen die Hausaufgaben.

Es tut Weh

Des Weiteren wird der Lastkraftwagenfahrer, mit solch hoher Geschwindigkeit unterwegs sein, das er das Fahrzeug nicht rechtzeitig zum Stillstand bringen kann, wird über dich rollen, über

Kopf und Brust, bekommst das nicht mehr mit weil es viel zu schnell geschieht, aber es wird sich alles über die Strasse verteilen, kein schöner Anblick.

Sie heulte noch im Flug über das soeben gehörte, nun denn mein Angebot. Bevor der Körper oberhalb zerquetscht wird, nehme ich dich mit zu mir, du kannst dein Leben noch einmal leben, so wie es du dir wünschst, aber der Preis ist hoch und alle bezahlen ihn auf die selbe Weise. Viel Zeit bleibt dir nicht mehr um dich zu entscheiden, matschig in drei Sekunden oder nochmals ein glückliches Comeback. Sie sah den dicken Lastkraftwagenreifen auf sich zukommen und unterzeichnete.

Verreckt

Im Wohnblock nebenan, es hat nur vier Etagen, also für die Springer ungeeignet, direkt neben dem Todeshaus, wohnte ein Geschwisterpaar. Wobei die Ältere nie verheiratet, Schwester geschieden aber einen Sohn mit in die Wohngemeinschaft brachte.

Ein netter Junge, blondes gewelltes Haar und strahlend blaue Augen.

Da beide in der Pflege arbeiteten, war es für sie ein leichtes an Medikamente heran zu kommen.

Sie lebten in Harmonie obwohl ein männlicher Teenager im Hause war, bis eines Tages die niederschmetternde Nachricht für die jüngere Schwester kam.

Krebs

Es war ein langer Weg für den Wanderer und seinen Begleiter, rechtzeitig ging er nun los denn er fühlte das der Kampf begonnen hatte und sie verdiente es einen Vertrag mit ihm zu schliessen.

Ein sehr schmerzvolles Jahr verging, die Chemotherapie lies sich äusserlich auch nicht mehr verleugnen, ausgefallene Haare, Zähne die nicht mehr im Kiefer bleiben wollten.

Gesichtszüge, der einst strahlenden Frau waren nun erheblich verzerrter und die erste Brust war entfernt worden.

Sie hätte vielleicht eine Chance gehabt wenn sie zur Chemotherapie auch die richtigen Medikamente bekommen hätte.

Er musste sich nun doch etwas mehr beeilen, fühlte das nicht mehr allzu viel Zeit blieb um den Vertrag für sich zu gewinnen.

Doch es kam nun alles etwas anders, ihr Neffe lebte nun mittlerweile sein eigenes Leben. Zwar eine Ausbildung absolviert, nun aber doch abgerutscht in Alkohol und Drogenkonsum bis hin zu den ersten Straftaten und Verurteilungen.
Brauchte er natürlich für seinen außergewöhnlichen Lebensstil jede Menge finanzielle Unterstützung. Die Nachfrage war groß an besonderen Pillen, womit eine Menge Geld zuverdienen war.
Es lösten sich einige Nägel von den Händen und Füßen, der Schmerz bestimmte den Tagesablauf, Tag und Nacht,
die zweite Brust wurde entfernt.
Die Tabletten, egal welchen Zweck sie auch erfüllen sollten halfen nicht.

Ein bisschen Abwechslung verschaffte ihr soweit es möglich war der tägliche Rundgang mit ihrer Hündin.

Erst einmal eingetaucht in der Szene war es ihm ein leichtes Placebos zu beschaffen um so nach und nach die komplette Medikamentenserie auszutauschen.
Er war eingetroffen, rechtzeitig um ihr zu erläutern wie sie in den nächsten Stunden dahinsiechen werde.
Bewegen ist von den Schmerzen fast nicht mehr möglich, du schreist bist du keinen Ton mehr heraus bekommst, dein zerfressener Körper wird sich an verschiedenen Stellen öffnen, das Innere wird nach Aussen laufen und du wirst in deiner eigenen Suppe qualvoll verrecken.
Ihr Blick versteinerte sich, mit ruhiger Stimme sprach er weiter, es sei denn du möchtest mit mir den Vertrag schliessen.
So wie du es dir vorstellst soll es laufen aber der Preis wird wie bei allen anderen sein.
Kurz bevor sie, das eben gehörte zustimmte und unterzeichnete, saß ihr Neffe völlig

zugedröhnt in einer verdreckten Gasse und vertickerte ihre Medikamente.

Zwischenbilanz

Mittlerweile sind die Wanderer, nach einem sehr langen Fußmarsch mit ihren ersten Klienten am Bestimmungsort eingetroffen. Verborgen im Grünen, oder auf einer Lichtung, könnte auch ein Gebirge sein, der Tau sucht sich seinen Weg über die Blätter, Sonnenstrahlen durchdringen die Feuchte, Tiergeräusche jeglicher Art gaben Geborgenheit und Zuversicht auf die nun folgende Vertragserfüllung.
Jeder der Klienten gab auf der Wanderung nun einiges von sich Preis, welches das perfekte Wiedererlebnis wäre, Laub und Gehölz knistert, zerbricht bei jedem Schritt. Der letzte Anstieg, es ist geschafft, der Eingang.
Sie traten ein, der Anblick enttäuschte nicht, vor jedem Klienten eröffnete sich sein

eigenes Umfeld, mit all seiner Herrlichkeit,
so wie sie es sich vorgestellt hatten.

Die ausgehandelte und vertraglich
festgesetzte Laufzeit wird aktiviert, sobald
sich der Wanderer verabschiedet, die
Bezahlung und dessen Vorgang zur
Begleichung erfährt der Klient erst Fünf
Sekunden vor Vertragende oder wenn er es
wünscht, garnicht. Sie sagen sich
„ leb wohl „ .

Abgelehnt

Mitte des zweiten Weltkrieges begann ein
Wanderer sich fertig zumachen und betrat
das Freie. Er konnte sich Zeit lassen, denn
Erich war nicht Krank, hatte keine Suizid
Gedanken, ihm ist halt seid dem ersten Krieg
nur schlechtes Wiederfahren.
Er lebte nun bei einer vierköpfigen Familie
als Untermieter im Zimmer geradezu. Er
stand um Sechs Uhr in der Früh auf,
erledigte seine Morgentoilette, zog sich an
und nahm das vorbereitete Frühstück ein.
Wenn dieses Ritual erledigt war begab er
sich wieder in sein Zimmer, setzte sich an
den Tisch, blätterte in einer Illustrierten
oder schlief einfach wieder im sitzen ein.
Seid dem man ihn kannte saß er am Tisch,
stütze seinen Kopf mit der Hand. Die linke
Gesichtshälfte war gezeichnet vom Feuer,

erahnen lies sich erstmal nur, das sich der Brandschaden über die ganze linke Seite erstreckte. Einmal in der Woche zog er seinen schicken Anzug an, obwohl, er hatte nur den einen und ging langsam und gebeugt aus dem Haus.

In die nächste Großstadt fuhr Erich, zu erledigen waren seine Bankgeschäfte und der wöchentliche Besuch im Pornokino. Wieder daheim, war er froh gelaunt, zog seine am Tischsitz Garderobe wieder an, bezahlte seine Miete und wenn es gut lief bekamen die Kinder auch noch eine Kleinigkeit.

Die Teenager wurden größer, fingen an zu Rauchen, Trinken, Fernsehen, Zocken und verbrachten viel Zeit mit Videospielen. Dies geschah ausschließlich im Zimmer von Erich. Das Zimmer vernebelt, die Lautstärke unerträglich, Erich wurde vom Tisch gedrängelt sodass er es sich, auf seinem

Bett bequem machen musste, bis ihm der Kragen platzte und er anfing seine Meinung zu äußern. Verstehen konnte man ihn nicht, die Aussprache war verzerrt und aus mehreren Dialekten bestehend.

Der Wanderer legte nun doch einen Zahn zu um auf keinen Fall zu spät einzutreffen, denn ein verlorener Auftrag bedeutet einen kleineren Hut.

Des öfteren geschah es auch das er absichtlich, nur so aus Spass beleidigt und gereizt wurde, aus der Haut ist er gefahren und fing an von Früher zu erzählen.

Zersprengte Körper, Hunger, jahrelanges Morden seinerseits, Vergewaltigungen und verfaulte Körperteile waren in seinen Ausbrüchen stets das Thema.

Lustig und Hochnäsig verhielten sie sich ihm gegenüber, sodass Erich kurz vor einem Herzinfarkt wütend und vorsichtig redend das Zimmer verließ.

Ein paar Jahre liefen diese Veranstaltungen im Zimmer von Erich aber zu seiner Belohnung wurde er auch noch bestohlen und schikaniert. Der Wanderer traf ein und fand ihn in seinen letzten Minuten ruhig auf seinem Bett vor, er stellte sich vor und sie kamen ins Gespräch bis hin zu den Vertragsdetails.

Erich lehnte dankend ab und der Wanderer verschwand.

Die Schönste im Dorf

In einem kleinen Dorf nahe einer Großstadt, alte Fischerhäuser, klein, flach, Toilette im Hof.

Fünf Geschwister, sie war eine Augenweide für diese Gegend, dies fiel auch einem jungen Mann auf, der auch des öfteren zu Besuch kam. Adrett, gut aussehend, muskulös, es schien eine gute Partie. Er trank auch mal ganz gerne einen mit, denn bei ihren Brüdern stand dies an der Tagesordnung.

Als das erste Kind unterwegs war zogen sie in eine Gartenlaube, welche auf dem Grundstück der Schwiegereltern stand, obwohl das Haus groß genug gewesen, durften sie nur im Garten leben. Es lief über Jahre harmonisch, das zweite Kind kam, alles schien Perfekt.

Doch der Schein trügte, erneut packte ein Wanderer seine Sachen und bereitete sich auf den Abmarsch vor.

Geschrei kam aus der Gartenlaube, gefolgt von Gewimmer und zum Schluss das Geheule der aufgewachten Kinder, aus dem Vorderhaus wurde nur herüber geschrien

„ Ruhe da hinten „

ansonsten schien es ihnen egal zu sein.

Am nächsten morgen hatte die Schwiegermutter nun doch Schuldgefühle als sie die Schönste zu sehen bekam, Blessuren am ganzen Körper, in den unterschiedlichsten Farben.

Die Lage beruhigte sich wieder und der Ehemann bekam eine Anstellung in der Großstadt, sodaß sie darauf hin in eine kleine Wohnung in die Nachbarstadt ziehen konnten.

Der Wanderer trat ins freie und begann seinen gefühlten Weg . Zur gleichen Zeit bekam die Schönste von ihrem alkoholisierten Partner einiges mit dem Gummiknüppel übergezogen, die Schreie aus der kleinen Wohnung hörte man im ganzen Mietshaus.

Das dritte Kind kam zur Welt, es war ein Vergewaltigungskind, wurde von der Mutter aber genauso geliebt wie die beiden Erstgeborenen. Es folgte eine Entlassungswelle und der zierliche Körper wurde wieder erfolgreich bearbeitet, grüne und blaue Flecken, geschwollenes Gesicht bis hin zu vereinzelten Brüchen.

Nun gingen beide arbeiten, eine größere Wohnung konnte bezogen werden. Der Alkohol setzte ihm stark zu, Größenwahn, Eifersucht, hatte aber doch noch Zeit für das Bordell, die komplette Wohnung zu zerstören, Frau mal wieder zu vergewaltigen,

zusammen zuschlagen, zu würgen bis der
Hals blau anlief.
Sie blieb ihm aber Treu und lies sich nichts
zuschulden kommen.

Fast war der Wanderer am Ziel, rechtzeitig
musste er es schaffen um alle Einzelheiten
auszuhandeln.

Nächste neue Anstellung, für beide bei dem
gleichen Arbeitgeber und ein Umzug in die
Vorstadt stand an.
Auch in einem Wohnhaus aus Beton waren
die Schreie zu vernehmen und der Anblick
am nächsten Morgen bestätigte dies.
Als es Eskalierte war der Wanderer in der
Wohnung eingetroffen und beobachtete
das Geschehen, nach etlichen alkoholischen
Getränken gab es erstmal eins auf die
Schnauze, gefolgt von ein paar Schlägen

und Tritten, heftigen Würgen, bis er ein
Messer holte,
womit Brot und Fleisch geschnitten wurde,
die Klinge war Dreißig Zentimeter lang und
Sechs Zentimeter breit, welches er ihr
knapp neben die Lunge in den Körper jagte.
Sie taumelte, nur ein kurzer Aufschrei dann
brach sie im Flur zusammen und
verschmierte mit ihrem Blut die Tapete.
Er wollte noch einmal zustechen,
der Wanderer wollte ihr den Vertrag erklären
und zum Abschluss kommen,
da wurde ihr das Leben vom ältesten Sohn
gerettet, der Wanderer verabschiedete sich
und zog seines Weges.

Ausgehurt

Die Schreie hallten über die ganze Strasse des Neubaugebietes, so sehr, das es schmerzte in den Ohren. Ihre Haare, vereinzelt oder in Büscheln lagen vor ihrem Haus, ausgerissen aus Verzweiflung. Wenn der Wind aus Osten wehte roch man die angefaulten unteren Extremitäten. Sie lächelte nicht mehr so gerne, obwohl sie ein hübsches Gesicht hat, denn ihr fehlten schon einige Zähne.

Aber noch mal auf Anfang.

Sie kaufte einen Bungalow im Neubaugebiet. In dem Stadtteil war sie bekannt, wuchs dort auf und war auch beruflich mit ihm verbunden. Wer der Vater ihres Sohnes war wusste man nicht so genau, entweder die US-Armee oder die ansässige Marine.

Stand mitten im Leben, aber sah für ihr Alter schon sehr verbraucht aus. Eine kleine nette Familie, mit Gartenarbeit hatte sie nicht viel am Hut, ihr lag mehr an den Feiern die man dort abhalten konnte. Wimmernd und Blutverschmiert fand man sie eines Tages neben ihrem Haus, aus ihrem Mund quoll noch undefinierbare Flüssigkeit, die Steinplatten waren vom Bluthusten gesprenkelt.

Die Chemotherapie scheint nicht anzuschlagen und der Rettungsdienst brachte sie in die nächste Klinik. Für alle die sie kannten kam dies überraschend.

Zwei Tage später gab es die nächste Happy Hour und keiner machte sich mehr Gedanken über ihren Zustand. Während dessen legte der Wanderer einen Zahn zu , denn jeder Vertrag zählt in seiner Branche.

Sie liebte ihren Sohn, für ihn tat sie alles, auch die Großeltern kamen regelmäßig zu Besuch, aber auch, um sich zu vergewissern. Das nächste große Event Stand vor der Tür, es war in der Strasse allseits beliebt und zwar die Punsch Veranstaltung, dazu wurde lecker Schmalzbrot gereicht.

Das Carport Stimmungsvoll erleuchtet, ein Heizpilz für das kuschelige, rundete das Vergnügen ab. Ausgelassen wurde geschnackt und jede Menge getrunken, bis zu dem Zeitpunkt als Jemand bemerkte das sie im Blut standen, sie blutete aus den Beinen, bemerkte es jedoch selber nicht, da die Tabletten und der Alkohol dies Problem überspielte und ihr Wohlbehagen zusagte. Nachdem sie darauf hingewiesen wurde, quoll ihr Blut aus Mund und Nase, sackte zusammen. Aufgewacht wurde wieder als es schon Neujahr war, der erste Satz der ihr über die Lippen kam „ aber war eine gelungene Party „.

Der Wanderer verbrachte den Jahreswechsel auf der Strasse und kam auch ein paar Tage später in dem Stadtteil recht pünktlich an.

Mitte Januar wurde sie wieder nach Hause entlassen, es ging ihr sichtlich besser und alle großen Löcher waren verschlossen.

Aber dennoch passierte es.

Der Wanderer nahm ihren Kopf aus der Blutlache und hob ihn auf seine Beine, schubste die leere Flasche Whiskey zur Seite, sprach zu ihr mit sanfter Stimme wie es nun gleich weitergehen werde.

Du spuckst und hustest immer mehr Blut und andere Körperflüssigkeiten, dies geschieht solange bis du daran elendig ersticken wirst, aber einen Deal kann ich dir anbieten, sie willigte ein, unterschrieb, er nahm ihre Hand und sie gingen davon.

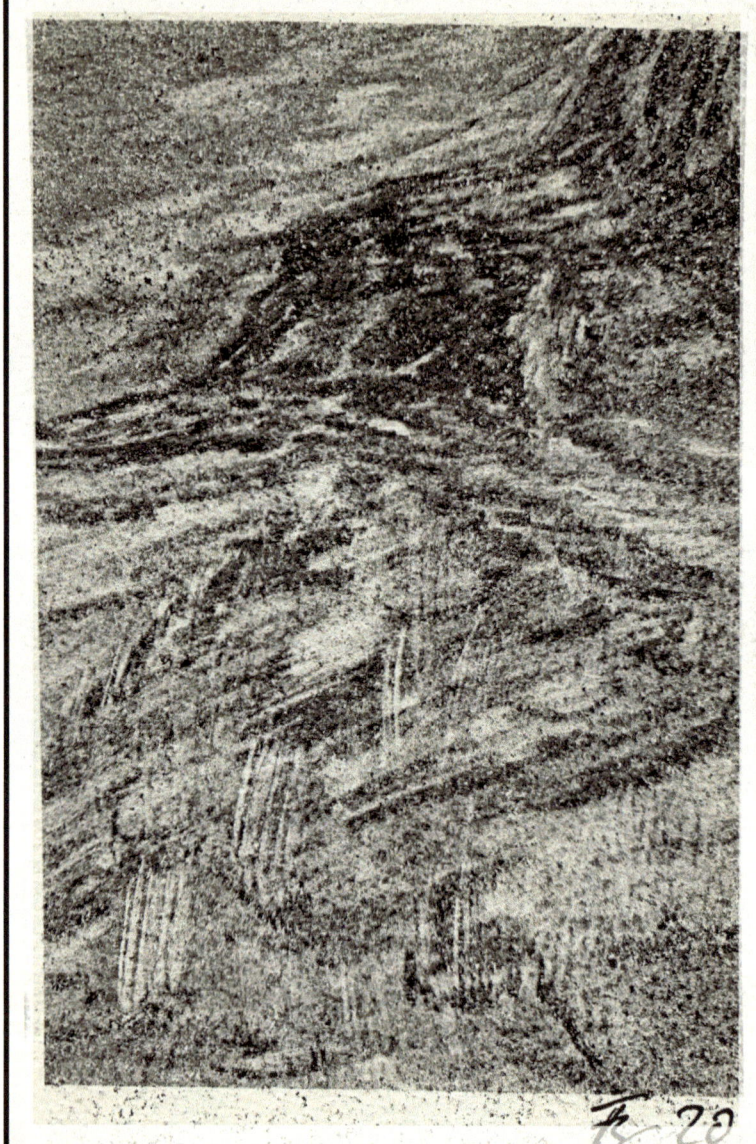

Er ist noch Unterwegs

Sie ist eine Schwester, Tochter, geprügelte
Mutter, Großmutter.
Bildungsstatus eher niedrig angesiedelt,
kann aber gut Beischlafen und zu einem
Schlückchen wurde auch nicht Nein gesagt.
(wollte schreiben Ficken und Saufen)
Ohne Schulabschluss lernte sie eine netten
jungen Mann kennen, ein Herz und eine
Seele schien es zu sein, doch nach kurzer
Zeit stellte sich heraus, zum Dominieren
brauchte er eine, jung war sie, passte sich
an.
Nach den ersten Prügel und
Vergewaltigungsattacken, verschloss sie
sich immer mehr, deswegen erfuhr die
Familie auch erst kurz vor der Geburt ihres
Kindes, das sie schwanger sei.
Ohne geregelte Beschäftigung, mit einem
Baby und einem Freund der alles

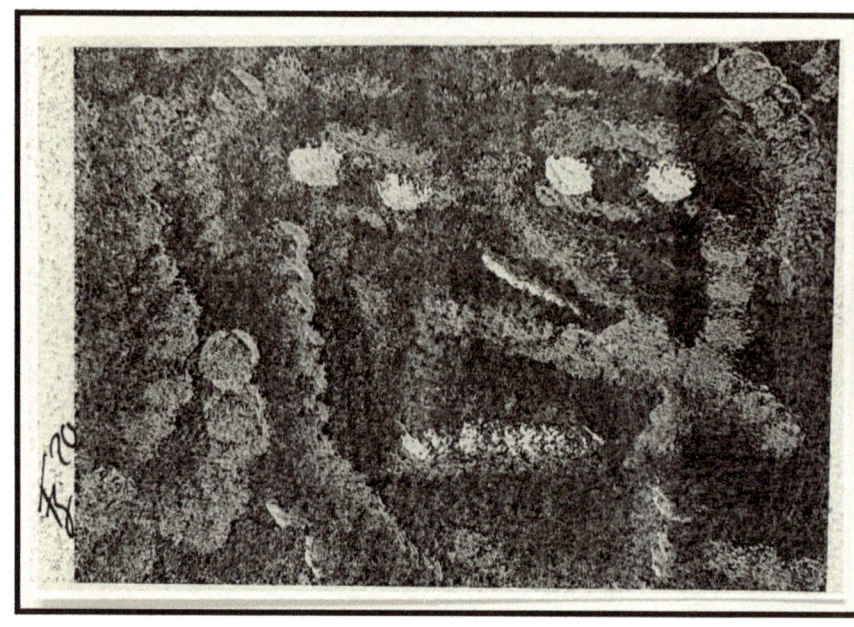

beherrschen wollte, war dies kein
glücklicher Alltag, die Streitereien häuften
sich, das Fremdgehen seinerseits, sowie die
Prügel auch. Trennung stand an, da sie sich
auch noch auf dem Amt nicht mehr so Grün
waren, kam die kleine in ein städtisches
Heim. Beide Schicksale waren besiegelt.
Seid fortan hieß es nur Arbeiten, Trinken
und im Selbstmitleid aufgehen. Doch alles
kriegte sie unter einen Hut, denn durch

Beziehungen eines guten bekannten bekam
sie einen Arbeitsplatz (war damals schwer
ohne eine Ausbildung einen solchen zu
bekommen) bei der Stadt,
der Rubel rollte.
Doch durch den Griff zur Flasche, ging der
Bezug zur Realität.
Den innerlichen Schmerz spürte ein noch
junger Wanderer, konnte es anfangs noch
nicht einschätzen, wann es nun an der Zeit
war, aufzubrechen.

Das Verhältnis zu ihrer Tochter machte ihr
zu schaffen, zwei die sich nichts zu sagen
hatten und wenn doch, logen sie einander
an.
Keine Chance das Sorgerecht wieder
zubekommen, welches ihren gewohnten
Lebensstil auch nicht änderte. Im Suff, auf
einer Veranstaltung lernte sie ihren Ex

Ehemann kennen, der auch mal gerne einen getrunken hat, also wurde ein paar Jahre

lang regelmäßig Urlaub gebucht und ordentlich gefeiert. Der Ex Mann hatte diese Prozedur im Griff, sie jedoch nicht und stieg um auf den harten Alkohol.
Was folgte war jahrelanges Trinken, den super Job Verlust, Gedächtnislücken, Komasaufen über Zwei, bis hinzu Drei Tagen.
Die nicht abzuwendende Scheidung verbesserte die Lebenssituation auch nicht und es fehlte dann die zusätzliche Geldversorgung für ihren Alkoholkonsum.
Der Wanderer hat bis jetzt Zweidrittel des Weges hinter sich gebracht, sein ausgeglichenes Gemüht auf diesem Wege scheint noch nicht besorgniserregend zu sein.

Entziehungskur war auch nur ein Schönes Wort, immerhin vier Tage und der Durst treibt dich raus. Nun wird weiter getrunken, egal welche Mitmenschen und vor allem Familienangehörigen belogen und betrogen werden und dies schon über Zwanzig feuchte Jahre.

Der Wanderer ist noch Unterwegs, er hat Zeit und kann warten!

Qualvoll

Ein stressiges, doch ausgeglichenes Leben.
In den jungen Jahren schon viel erreicht,
Frau und zwei süße Kinder, kleines
Häuschen am Stadtrand, beide waren Mobil
aber kein Pferd und Boot.
Zwei bis dreimal Urlaub im Jahr, Freunde
waren auch genug vorhanden um die Freizeit
ausreichend zu gestalten.
Die einzigen Anzeichen für eine Krankheit
war der Magen, mit ihm hatte er schon aus
der Vergangenheit zu kämpfen, ob dies der
Auslöser war, diese Antwort kennt nur der
Wanderer, jener, sich nun auf den
Abmarsch vorbereitet. Seine Quote
stagniert zur Zeit, er muss umbedingt mal
wieder einen Vertrag unter Dach und Fach
bringen.

Die Nachricht war niederschmetternd,
Krebserkrankung, aber doch noch so Jung.

Schmerzen zerfressen das Gesicht, alles
Stürzt ein, unerträglich die Gedankengänge
über das nun folgende. Die erste
Chemotherapie begann, ein liebes
Familienmitglied war zur Unterstützung an
seiner Seite, die Ehefrau und die Kinder
wussten nichts mehr mit sich anzufangen
und waren nicht die große Hilfe, Anfangs.
Abgenommen, Haare weg, morsche Nägel,
faltige Haut, dies schienen die
Auswirkungen der Therapie zu sein,
selbstverständlich auch das sich Zwölf
Stunden am Tag übergeben wird und man
diverse Zeit auf dem Klo verbringt.
Die restliche Kraft, die er noch aufbringen
konnte , verbrauchte er um vor Schmerzen
zu schreien, aus Angst zu heulen.

Der Wanderer läuft voll im Zeitplan, eine
Pause gönnt er sich, um Kraft zu sammeln
und eine Strategie zu entwickeln, damit er
den Vertrag abschließen kann.
Die Chemotherapie schlägt nun doch gut an
und er wird als geheilt entlassen, dennoch
im ersten halben Jahr zur Blutkontrolle.
Urlaub mit Familie steht nun an, wieder den
Job ausüben, eine mehrwöchige Radtour
mit Freunden. In der Zwischenzeit sollte er
nun doch einen Test machen, sehr
Kostspielig , die Kasse zahlte nicht, er
konnte nicht.
Ein Fehler von beiden Seiten.
Es kam heftiger und bösartiger zurück,
vorstellen kann man es sich nicht,
ausgebreitet in die Organe, Blut gespuckt,
Blut gehustet, was oben Rot heraus kam
suchte sich seinen Weg auch unter heraus.
Binnen kürzester Zeit dermaßen
abgemagert, das laufen viel schwer, jede

Bewegung auch, mit den dünnen Händen
die den Löffel zum Mund führten, wurde nur
Suppe oder Wassereis gelutscht.
Der Wanderer war fast am Ziel, denn der
Klient wurde schon im Hospiz behandelt.
Sein Leben hat er ins Reine gebracht, viele
Gespräche mit Angehörigen, die
Beerdigung selbst geplant, damit auch ja
keiner irgendeine Scheiß Musik spielt, die
Familie ist abgesichert.
Er war so weit!
Die Verhandlungen mit dem Wanderer
dauerten Dreieinhalbstunden, viele Pro`s
und Contra`s, aber zum Schluß entschied er
sich für einen zweiten Lauf. Der Wanderer
begrüßte die Entscheidung und sie machten
sich auf den Weg.

Vertragsende

Die restlichen Wanderer sind mit ihren
Klienten am Bestimmungsort angekommen,
erklärt wird auch ihnen der Ablauf für ihr
persönliches Wiedererlebnis und dass die
Bezahlung am Ende erfolgt.
Die Anspannung steigt, sie können es kaum
noch erwarten.
Nun läuft die Zeit für alle Klienten, bei jedem
von ihnen, auf ihre Wünsche hin, führen sie
ein zufriedenes und unbeschwertes Dasein,
ohne Sorgen, Problemen, Krankheiten, nur
pures Extasemäßiges Leben.
Das Vertragsende naht, der Ausgang ist in
Sichtweite,
sie treten ins Freie und sind auf der Stelle
Tod
zu Staub verteilen sie sich in der
Landschaft.